SOB OS TEUS PÉS A TERRA

Soledade Santos

Sob os teus pés a terra

jabuticaba

Dados Internacionais de Catalogação na Publicação (CIP) de acordo com ISBD

S732s Santos, Maria Soledade

Sob os teus pés a terra / Maria Soledade Santos.
- São Paulo : Edições Jabuticaba, 2022.
108 p. ; 14cm x 21cm

Inclui índice
ISBN: 978-65-00-53775-8

1. Literatura portuguesa. 2. Poesia.
3. Poesia contemporânea
I. Título.

CDD 869.108
2022-3131 CDU 821.134.3-1

Elaborado por Odilio Hilario Moreira Junior - CRB-8/9949

Índice para catálogo sistemático:
Literatura portuguesa : Poesia 869.108
Literatura portuguesa : Poesia 821.134.3-1

Respeitamos, nesta edição, a ortografia usual de Portugal utilizada pela autora.

Prefácio: Cláudia T. Alves
Revisão: Daniel Francoy e Marcelo Lotufo
Design miolo: Pedro Spigolon
Design e imagem da capa: Ana Letícia Francoy

REPÚBLICA PORTUGUESA
CULTURA
DIREÇÃO-GERAL DO LIVRO, DOS ARQUIVOS E DAS BIBLIOTECAS

Obra apoiada pela Direção-Geral do Livro, dos Arquivos e das Bibliotecas/Cultura - Portugal

ISBN 978-650053775-8

9 786500 537758

Edições Jabuticaba
www.ediçõesjabuticaba.com.br
www.facebook.com.br/Edjabuticaba
instagram: @livrosjabuticaba

SUMÁRIO

Um caminho para casa em *Sob os teus pés a terra*

Cláudia T. Alves

Essa é a moldura estás em casa
agora senta-te e escreve.

A discreta escrita de Soledade Santos, poeta portuguesa nascida em Beira Alta, é apresentada ao público brasileiro nesta edição. Publicada originalmente em 2010, pela casa editorial Artefacto, de Lisboa, a coletânea *Sob os teus pés a terra* reúne um conjunto de poemas que fazem da poesia uma casa, em suas múltiplas camadas – a construção-casa, a palavra-casa, a língua-casa, a morte-casa.

Soledade parece cavar com as próprias mãos aquilo que cada um de nós passa a vida inteira procurando: um espaço onde se sentir em segurança. Mas, para encontrá-lo, é preciso sujar as mãos de terra e de tinta. Porque esse espaço, às vezes, é um cômodo, uma cidade, um amor, uma família, alguns amigos, uma língua, um tempo, no passado ou no presente. Ou ele é só uma sensação, ligeira e efêmera. Outras vezes, tão raras, nós encontramos esse espaço em um conjunto de palavras. E esta é uma das chaves para a leitura destes poemas, pedindo licença para adentrar nos detalhes desta casa que irá nos abrigar por alguns instantes.

No entanto, por mais que desejemos chegar logo, não podemos ter pressa. A poesia delicada de Soledade não deverá ser lida entre um compromisso e outro, nos solavancos do ônibus ou do metrô que nos leva ao trabalho, durante os dias agitados de cabeça e coração tomados de ansiedade. Não é também uma poesia das horas vagas e improdutivas. Não porque seja hermética ou excessivamente complexa, mas sim porque é preciso encontrar o lugar e o tempo exatos para poder ouvir a cotovia cantar. Sentir o cheiro da chuva quando toca o chão e desperta as folhas acres do sabugueiro. Escutar as notas musicais de uma vitrola que soa ao fundo uma canção de Leonard Cohen ou Ella e Louis Armstrong. Perceber a passagem dos meses, das estações do ano, dos dias "em que nada se espera, tempo parado na calma". Enxergar os pirilampos acesos na escuridão do mundo. Reconhecer o miado do cio das gatas que caminham pelo telhado.

É o que se revela, por exemplo, em "Dèja vu", poema em que a poeta tem em mãos e folheia distraidamente um livro de... poemas. Encontra ali, naquelas páginas envelhecidas, palavras que lhe são familiares, que acordam emoções, cheiros, sons "vindos do passado". No entanto, não deixam de ser meros *dèja vus* poéticos, que irrompem e se perdem com a mesma velocidade dos lampejos da memória, de forma que, ao fim, "eu já não sei o que me disseram os versos do poema". A leitura, contudo, faz reviver nessas imagens poéticas as coisas destinadas a serem perdidas, como diz a epígrafe escolhida para abrir a coletânea, extraída de um dos poemas mais conhecidos de Elizabeth Bishop.

Encontramos aí, aliás, mais um dos grandes tesouros enterrados sob esses versos: citações diretas e indiretas, epígrafes, referências provindas de um universo literário e musical poliglota que vai se multiplicando e pavimentando a vizinhança dessa casa-poesia. Começando pelo próprio título dado à coletânea, inspirado nos versos do poeta grego Odysseas

Elytīs que retornam na última parte do livro, são diversas passagens que vão compondo um repertório de imagens e palavras com as quais Soledade conversa ao longo das 4 seções que organizam o volume. O inventário das interlocuções nos é fornecido, assim, pelas próprias mãos da poeta, que deixa indicações de diversos diálogos paralelos com seus poemas.

Entendemos, por fim, que a casa é uma busca, não uma parada. Que a terra sob os pés é passagem, mesmo que seja da sua natureza fixar raízes. Será preciso construir e reconstruir essa casa, a "palafita aberta aos rumores do mundo". Uma busca, portanto, que só faria sentido se fosse para garimpar as lembranças mais passíveis de se tornar poesia, as imagens mais descritíveis, as sensações mais memoráveis, as palavras mais precisas. Viver porque se escreve poesia. Amar e enxergar as coisas do mundo porque elas carregam em si "a seiva que não reverdece", mas sobre a qual se escreve. Pois, quando nada acontece, é provável que o que esteja acontecendo seja um poema: "é coisa pouca mas arde".

«The art of losing isn't hard to master;
so many things seem filled with the intent
to be lost that their loss is no disaster.»

Elizabeth Bishop

1

«Only strangers travel.»

Leonard Cohen

«A verdadeira viagem é o regresso.»

Ursula K. Le Guin

DERAM-ME O NOME

Deram-me o nome
da mãe
da avó
e de outras ancestrais que não conheci.

A avó fez jus ao nome
e de Andaluzia onde foi menina
trouxe a espantosa solidão
da cama desabitada
dos filhos
perdidos
na guerra.

A mãe foi artesã
da alegria
(da minha – não da sua)
e passou breve
cisne ao sol
sacrificado.

E agora
eu herança
no longe dos seus olhos.

INVENTÁRIO

A minha boca dei ao Côa,
é outra maneira acredito
de estar viva
quando de todos os meus rios
perdi o montante
e a jusante se espraiam olhos,
digo águas sem norte.

Tenho o linho desta terra óssea,
tenho um cavalo que nas margens da noite
me chama e escarva doido
e um castelo nesse lugar
onde os castelos se escondem para levitar.

– É coisa pouca mas arde.

IN MEMORIAM

Primeiro os amigos mudaram de rosto,
alguns vieram connosco mas distraídos
e no esporádico da esquina
os seus filhos cresceram e reproduzem
tão fielmente os rostos que tivemos.

De outros mal recordo o nome
e custa quando me ocorre
que um deles foi o primeiro rapaz
que beijei e nem sei já
de que cor tinha os olhos.

Primeiro foram os amigos a mudar de rosto,
depois as folhas dos sabugueiros
tornaram-se indiferentes também,
sobre o rio pendem como dantes
mas pouca aspereza lhes resta
do acre odor a verão.

Assim se esfarelaram os dias
enquanto nos olhos bebíamos
a seiva que não reverdece
e quase nada acontece agora
se atravessamos a ponte e afundamos
os pés na terra negra dos lameiros.

Mas nada se perdeu digo-vos,
onde havia um muro e um rio
e uma canção de vidro escuro

como rasgões cada pedra ostenta
ecos de risos ímpetos os sulcos
empoeirados do crescimento.

E tudo é como foi imperfeito
e a seu modo permanece.

LISBOA-76

Ce que j'ai aimé, que je l'aie gardé ou non, je l'aimerai toujours.

Andre Breton

A cidade no claro escuro do néon
inverno de há tantos anos, lembras-te
como descíamos a avenida de Roma
no cheiro dos cafés nas capas
brilhantes dos lançamentos
e parávamos na Sinfonia tu ouvias
jazz eu preferia os franceses.

Pairava uma doçura no ar nevoento
eriçado de pequenas ansiedades
quando ao cimo da Alameda
junto ao mural do Poder Popular
esperávamos entre beijos o início
do comício e os amigos
que viriam do Técnico.

Havia uma inocência então que
não sei se era nossa se da cidade
tão nova nesses anos da revolução
e nós que nada sabíamos
porque em tudo era o nosso princípio
destrinçávamos labirintos e ágeis
nos subtraíamos à prisão do mundo.

Consumimo-nos como tantos
como os outros
mas as tuas mãos ainda se detêm
nos ombros da lembrança onde nos vejo
sonhadores da terra
prometida iluminando
recantos de uma Lisboa que se perdeu.

DÉJÀ VU

Distraída folheio o livro de poemas,
a capa um pouco partida as folhas
envelhecidas das mãos descuidadas
que foram as minhas anos atrás.

Numa das páginas onde secaram
flores de macela de que restam
as manchas amarelas e um vago
cheiro a rio alguns versos cintilam.

E nas palavras um pouco ácidas,
familiares de as ter entoado
tantas vezes acordam vindos
do passado sons cheiros emoções:

tardes de verão no jardim acabado
de regar, a caleira transbordando,
uma criança a soluçar e a lua
pendurada na janela da cozinha.

Mas o que busquei no poema
ou as respostas que encontrei não
as descubro agora, pois das águas fundas
da memória irrompem e rebentam

como bolhas de ar o jardim
o choro a chuva a lua, mas quem
os sentiu perdeu-se e eu já não sei
o que me disseram os versos do poema.

RIBA-CÔA

Também lá se ouviu a cotovia
em manhãs claras e os corvos
à tarde quando sentada
no muro de xisto o calor se casava
aos cheiros da vinha e do milharal.
Era a mesma cotovia estou certa
de antigamente. Os corvos não sei,
presto-lhes agora mais atenção
pois agradei-me da labareda
retinta das penas
entre o verde dos pinheiros e a arruaça
de quem tem o papo cheio.
E à noite chegavam os pirilampos
tão brilhantes como dantes
e o coaxar das rãs na ribeira,
clamores da terra ou de versos
na materna língua que acende o verão.

CASA FECHADA

Na casa fechada pelas frestas da persiana
ouvimos-te respirar. Estia sobre o teu rosto
e o pó de junho cai.
Cai nas uvas da latada, no tanque,
nas sardinheiras do quintal.

Na sala grande os retratos esmaecem
e os nomes
que ninguém mais chamará.

DOIS DE NOVEMBRO

O vento dorme na geada da manhã
e há rostos de pedra no labirinto,
olhos da minha gente feitos de terra
claros como os meus
em sua alheia perenidade.

Estilete de prata fere os dedos
e vai à boca,
é de lava na arca do peito
e por instantes afecta
o tecido da memória
e a respiração.

Mas já o vento vai acordando
e despenteia
os crisântemos amarelos.

E NO ENTANTO O DIA É FUNDO

O horizonte abre-se na cal que maio lava
e no entanto o dia é fundo
de armários, invernos e cheiros
a madeira encerada.
No côncavo de maio existem
antigos sons de respiração,
crianças perdidas no escuro
procurando saídas que não encontram.
Lembro-me –
eu brincava no vão da escada
e vieram dizer (seria maio
ou julho talvez) a mãe morreu.

TIERRA SOLA

Si, la tierra está sola, bien sola con sus muertos

Luis Cernuda

Calhou-te morrer em setembro
e a terra dava ainda frutos,
disseste que não era má saída
para ti que a encontrarias macia,
mas é um ofício triste o da terra
e nunca achei palavras
que a resgatem da sua asfixia.

Nesse ano partiram tantos
da tua geração e eu tardei
em lamentá-los, parecia que iam
porque tinhas ido, nada mais natural,
uma revoada de pardais
fartos das rédeas dos dias
encabritados para voar.

Mas não foi de todo assim,
só para mim e poucos mais
se mudou o curso do universo
nesse verão e bem vês que ainda
estou aqui e em velhos vícios,
componho o poema uma atitude
enterro mesmo as mãos no chão.

BRUSCO AROMA

Parece inverno, chove – a terra triste
como as aves pobres que não migram,
como a gamela das ceias comunais,
garfos de estanho
o fumo a candeia a pedra negra a casa
de telha vã.

DANO

Sem caminho de regresso
ao pequeno incêndio mal cuidado.
Lembra-te do rosto à chuva e à soalheira de agosto,
dos amigos, dos vagabundos e dos velhos familiares.
Como era certo então
tudo o que hoje perdes.
Lembra-te da casa aberta,
canções em volta da mesa grande,
as cerejas, as crianças, sons no adro
e o aroma das figueiras.

PATRIMÓNIO

Dir-te-ia do primeiro rio,
água escura do açude onde aprendi a nadar,
cheiro acre de sabugueiros
e o afago de ervas na pele,
deitada olhando
folhas secas e cobras de água levadas
pela corrente do verão, sonhando.

Dir-te-ia do rio,
mas a distância existe.
De quanto me acende os dias tão pouco posso contar.
E mingua
no silêncio com o tempo.

2

«L'acte est vierge, même répété.»

René Char

NÃO PRECISAMOS DE MUITA COISA

Não precisamos de muita coisa,
um pouco de sol e as Berlengas no horizonte,
a tarde escorrendo na cafetaria,
os nossos olhos lentos e as vidraças
subitamente acesas no esplendor das bátegas.
Patos selvagens erguendo-se da lagoa
quando sairmos e ao vento frio oferecermos
a transparência dos lábios cercados
pela melancolia da tarde que se nos finda.

E à noite talvez as mãos
ardidas de saudade e em surdina
uma canção de Ella e Louis Armstrong.

OUTUBRO NO SALGADO

Muitas vezes caminhei no areal
troçando dos voadores em parapente, eu
que lá de baixo os via e me sabia
tão mais aérea e disponível ao voo
quanto mais presa à terra e às pegadas
que mal deixava e logo se enchiam
outra vez de areia soprada pelo vento.

Regressei ao Salgado esta tarde.
Não vi velas nem pára-quedas, só gaivotas
afrontavam o cinzento e nem os pios
se ouviam na turbulência do ar.
Em vão busquei as Berlengas no horizonte,
afortunadas ilhas afogadas
onde Pedro se escondia para fugir de Inês.

Hoje também eu preferia esquecer Inês
(e as arcas de pedra e o particular silêncio
daquele edifício de que se disse
tudo o mais dever calar-se em presença
do mosteiro de santa maria de alcobaça)
e bastar-me este vento e o fragor
das vagas tombando na areia da praia.

Mas não é um mês fácil, o de outubro.

NO SILÊNCIO DA SALA VAZIA DE OUTRA

Estou sozinha no silêncio da sala vazia de outra
respiração que não a minha, pois o meu amor partiu.
Deu-me beijos ao sair mas foi como se a porta de vidro
se corresse e os beijos ficaram do lado de fora.
Ele dorme a esta hora abraçado a cinco travesseiros,
a face sobre a mão e uma perna diante da outra ei-lo
que dorme e no sono se afasta de mim e eu não posso
entrar devagarinho no quarto puxar o lençol e substituir-me
aos travesseiros porque o amor é uma criatura de hábitos.

CARTA

Hoje abri gavetas que há muito conservo fechadas,
folheei cadernos procurei nas prateleiras até mesmo
na caixa de cedro onde guardo os meus tesouros raros,
um dente de leite engastado em ouro dois caracóis
entrelaçados os búzios que apanhei nos Açores e as bagas
colhidas há vinte anos no parque do Campo Grande,
em tudo remexi buscando algo especial uma prenda para ti
e tudo o que encontro é outra carta que te escrevo.

O que guardo na caixa de cedro na polpa dos dedos
não é novo foi escrito
milhares de vezes antes e outras tantas apagado,
e no entanto ao escrever não sei
em que língua te hei-de explicar
a dormência das lombadas
nas estantes de domingo
uma criança de vento
com olhos da cor dos meus
e esta impressão que eu tenho
no lado inverso do tempo
e se dissolve às vezes
quando vens estar comigo.

É coisa pouca o capital que juntei
e pousou nele a poeira,
ainda assim a luz não cessa de nascer.
Por isso escrevo,
mas afecta-me a transparência essa vaga moléstia
chamada distância e nem sequer
é de boa qualidade este papel em que a caneta arranha.

CONSOLO

Posso arranjar consolo
nas coisas mais insignificantes,
o rapazinho que tem o teu nome
e mora na minha rua
gosta de fazer pequenos recados
em troca de um chocolate.

A NOITE PASSADA

A noite passada dormias
e eu entrei em casa,
sentei-me a teu lado,
dormias,
a linha da testa
os olhos fundos
afogados
a boca que já foi
lugar de amor.

Mas a chuva na vidraça.

EXÍGUO

É exíguo
o coração
inacabado –

aos tropeções
dedos
arrancam
das pupilas
brancas
a luz molhada

e lua
só de asfalto.

EQUÍVOCOS

Da terra ergueram-se uma noite
não os aromas que buscavas
perto da fonte na canícula,
mas em nuvem os pirilampos.

Entraste na luz viva, aceso
o escuro das silvas – tu cega
no labirinto de coaxos
e trilos luzias também.

QUATRO VERSOS EM MAIO

Toquei incertamente a brandura
e o que ardia na placidez da tarde – o olhar.

Ah, como Bandeira, *minha grande ternura*,
ainda que ninguém precise dela.

A MÚSICA

A música acende
as partículas,
pouco
mudámos –

ao som da viola
outra vez
dezasseis anos
e a boca

comme un fruit sous la pluie.

DIURNO

Eternas são as tardes
em que o cheiro da maresia
se pendura nos cabelos molhados
pelo suor amável do dia

e a doçura de alfarrobas
no verniz escuro das vagens
entre os lábios é como
outros lábios carnudos.

COMO UM VENTO

O amor chegou-te como um vento
dizes tu,
um sopro cálido na pele um arrepio
incauto,
depois giraste sobre o teu eixo
e originaste o tornado só,
do epicentro ergueste as vagas
e salpicaste de espuma e sal
as folhas
sonolentas do teu largo
e dos teus sonhos magoados.

Mas eu
que tenho a ver com tudo isso,
eu nunca soprei para o teu lado.

AS PALAVRAS

As palavras são navios e a respiração lhes dá corpo.
Florescem nas amarras dos dias tranquilos
e laceram pequenas certezas.
As palavras, à tarde: morno rebanho branco
cintilando na sombra da encosta da serra
– e os olhos passam e desfalecem no velo dócil.

Arde baixo a voz, o dia dividiu-se em antes e depois.

RESPIRAR

Deita a cabeça no meu ombro,
dá-me
as tuas mãos, fecha
os olhos.

Depois
canta baixinho
as canções que ambos sabemos.

And be still, my love,
que não te faço mal,
que não te peço muito
nem te direi as palavras tristes.

BILHETE-POSTAL

Voltei aos jardins mas nem sombra de nós vi
na face das coisas – somos filhos do instante.
E no entanto que longos me vão os dias.

Por aqui tudo arde. Secretamente.
Uma raposa desceu das terras altas
e morde-me os dedos se tento afagá-la.

EM JUNHO À JANELA

Cravei os pés na terra dei fruto
e alimento sonhos alheios,
cada dia devorada.

Agora tão exaurida
súbito novembro chega,
passa o vento e é frio.

Acenam do sobreiro as miúdas folhas
e só eu as vejo – trama de horas de longes da falta
que um amigo me faz. Elas voam
perto as rolas
e tirita no parapeito um pardal singular.

ADVERTÊNCIA TARDIA

Julho, esta luz de vento arrepiada
e o pardal de sempre na janela.

Um dia passa e outro dia e tudo
se conglomera – eu tinha-te dito:

o amor é um estado
de concentração diabólica.

EM TEMPO

Em tempo de acertar contas
reviro as algibeiras
à procura das coisas que levei:
coisas bravas de olhar limpo
e a elegia do sangue sob a pele,
viração ligeira de jardim
erguendo poeiras que o sol
perpassava, uma canção,
ou lembrança de havê-la escutado sempre
a teu lado,
e um riso primeiro doirando
a erva célere da tarde

de que trouxe
a beleza friável de flores
secas agora
entre as folhas de um caderno e as palavras
que depois inventei.

POEMA DE INVERNO

Canta o granizo na janela
que os fios de água constelam.
Olhos de inverno e de vento
que jardins breves invadem.
Depois somem-se na lembrança.
Fica esta sala agora aqui:
a janela a mesa livros o esfumado
auto-retrato de um pintor. Muito frio.
E do rádio na cozinha uma cantiga,
Santa María, váleme, ai Señor!

DOCE AVENTURA DOCE

Odysseas Elytis

Dirás ter sido o verão mais longo do que pensaras?
Estivais até os dias breves que a friagem clareava?

Lembro o hino da cascata no lago encrespado ao vento,
amáveis águas, lumes pedrinhas ao sol de inverno.

Agora tardes, outro vento nem bem triste, poeira solta
dos jardins que amámos. *Doce aventura Doce / A Vida.*

3

«Ah, esta lassidão dilatória - tão afável.»

Yannis Ritsos

NOCTURNO COM GATOS

Gritam os gatos todo o serão estridências
de cio que não pressionam mas despertam
a minha gata. Erguemos o olhar,
eu do livro ela do sono redondo e aspiramos
uníssonas correntes de ar gotículas nas vidraças.
Não sei que cheiros lhe fazem fremir o negro nariz.
Fecho as cortinas espevito o lume
volto ao livro, de vez em quando
os gritos trespassam a noite e pela incisão
começam a entrar cães de inverno e potros azuis.

SWING PARA MANHÃ DE SOL

Na casa vazia
eu deus o mundo por fazer
e danço,

swingo com pano
do pó aspirador
cadeira e canto,
swing enche a minha casa
e roupa suja espalhada
no chão misturada
com lápis legos ferraris.

Ó sol tão amarelo
na janela
a roupa fumega
varal colorido manhã de 6ªfeira,
swingo com ella oh baby
sing me a swing song and let me
dance,

que a vizinha de baixo é surda creio
pois não se queixou nunca nem
dos gritos à noite
dos gatos.

ARMADILHA

Da janela aberta ao vento à luz às linhas
soltas dos dias
sem acidentes nada se evade –
o movimento dos astros é circular
e os gatos
que no outro lado da rua emboscam os pardais
de todas as vezes falharão o salto.

O TEMPO FECHADO

Silenciou-se o tropel
e outros sons povoaram a casa:
os pardais chiam na madrugada
e à tarde instalam-se as crianças,
vozear de tragédia fácil;
na cozinha a alcofa das compras,
som de fibras descoradas,
e o frigorífico exala
um rumor de saciedade.
Mas o tempo fechado
mora melhor na sala,
nas janelas abertas ao vazio,
aos dias luminosos e completos
de uma perfeição sem objectivo –
comer uma pêra folhear um livro
regar hortênsias arrumar gavetas
queimar um pau de incenso
e esperar que a noite desça.

ESPIRAL

A perfeição é do sol ao vento,
tão claro o dia o calor da pedra
na varanda sob os cotovelos
e os cheiros
a pequeno domingo ou feriado.

Dia em que nada se espera,
tempo parado na calma,
os cabelos na dança do vento
e a tarde quente na varanda
onde florescem sardinheiras.

Rua imóvel sob a folhagem
dos sobreiros, ao longe a serra
justa moldura do dia,
o primeiro deste verão
perfeito igual aos outros.

BÁTEGA

Vamos deixar que esta chuva caia
tal como chegou em pleno verão,
a gata desce do telhado
e o aguaceiro que se atardava em cheiros
crepita agora em cortina densa.

Sentada no chão de pernas cruzadas
frente às vidraças riscadas de chuva
instala-se a dor de cabeça vaga
e nos pés o lucilar
da lixa molhada da língua.

A mão repousa no pelo
e os olhos de jade reflectem
a calma tamborilante
das vidraças e a distância
reverente que a chuva impõe.

Os sons induzem à meditação
regulares e opacos compõem
o contracanto da respiração
e começo a fechar os olhos
dou início ao relaxamento.

Mas na têmpora a dissonância
um nó de angústia encravado,
regressa digo-me ao canto
da chuva segue o cordão,
inútil já perdi

a concentração e há demasiadas coisas
no limiar dos olhos virados para dentro.

Voltemos então ao princípio:

o céu escureceu e ouviu-se o vento nos sobreiros
depois vieram as gotas os cheiros
a dor de cabeça e por fim
os sons embaciados
do aguaceiro que já passou.

AZUL DA QUASE NOITE

Partes, o céu demora-se
a entardecer e a lassidão flutua
como as volutas do incenso a arder.
Saio à varanda, regresso
aos gestos que me fixam
e a gata no telhado
seguindo-me com o olhar.
Estamos bem assim, eu sozinha
no azul da quase noite, ela em cima
no fulgor do dia que se esvai.

UMA POÉTICA

Não há intenção definida no gesto
da mão sobre a folha. Há um silêncio
e no corpo da noite a monotonia da espera.
Enquanto tardo o vento chega,
enfola a rede na janela e leva
em espiral descendente a folha o poema
começado que fica no chão.

Com o vento vem a gata os olhos cheios
de mistério, viu a lua e perseguiu
na varanda os pirilampos.
São coisas assim,
a lua cheia no céu de junho,
um tremor de rio no pulsar
gelado dos pirilampos,
a mão em concha e um cheiro
a musgo seco e à pedra que liberta
no frescor da noite o calor
acumulado durante o dia,
são essas coisas dizia,
vindas dos confins da infância com seu gosto
a lágrimas e a azul talvez feliz,
que as mãos do poema anseiam.

VÊ SE TE LEMBRAS

Era ainda cedo
vivíamos em tendas
só tínhamos
o que sabíamos transportar:
duas pedras de calcite
numa bacia de água e sal,
o cacto aéreo, desenraizado
como nós,
um gato jovem,
lembranças guardadas
na bolsa de patchwork
que tínhamos costurado.
E o coração nómada
nómada nómada –
intimorato.

A CASA

Encontrámos o alicerce
a pedra do lar e o poço
no espaço improvável
onde os sonhos se enredam
e construímos a casa,
palafita aberta
aos rumores do mundo
e julgámo-nos seguros.

Deslizou mansamente
sobre traves minadas
a cobertura do tempo
e eram só palavras,
armas incapazes
contra as cerejas de junho,
pequenos punhos rubros
da realidade.

VEM CHEGANDO

Vem chegando o outono
volta a fixar-se
nas cores do país solar.

Sobem do vale as neblinas
e abre rasgões o crocitar
dos corvos na tarde.

Uma ânsia qualquer detém o vento.

A CHUVA VOLTOU

A chuva voltou esta noite
no lamento do vento nos vidros
nos meus olhos a chuva voltou,
é tudo quanto soa
e sabe bem ouvi-la,
ter um pretexto
para o silêncio dizer apenas,
ouve como canta nas telhas
e desagua
no pó.

INSTANTÂNEO

Não sou a imagem que buscas fixar,
na objectiva do espanto tu não me vês
porque não podes.
A quietude é uma velocidade vertiginosa,
entre um oscilar de pálpebras e outro
orbitei o universo
regressei ao ponto de partida.

E não são meus
os aromas de bosque que ocuparam
o espaço onde antes fui eu.

BLUE

Como entrar num quarto
que pintámos de amarelo e encontrá-lo desse azul
a que os ingleses chamam *blue*.

E suspenso do tecto
em silêncios de prata um móbil
no espaço quieto.

À ENTRADA DO POEMA

Inspira e fixa-te ao lume familiar:
a planta que junto da mesa se alçou
arbusto em anos de fixidez
à terra exígua do pote
e ao silêncio rosado da casa;
o Modigliani ao alcance dos olhos,
as mãos de Alice que um dia foram as tuas
pousadas sobre um vestido
intemporalmente azul;
o vale flutuante para lá das vidraças
e os sobreiros que podes ouvir
ao vento mas daqui não vês.
E cobrindo tudo
a abóbada da música.

Essa é a moldura estás em casa
agora senta-te e escreve.
Pode ser que o poema venha de soslaio,
rumor meditativo de palavras soltas
chamadas pela ondulação da música
e do vale ao longe. E pode ser
consigas evitar o ponto
em que não deves tocar, esse
onde outras palavras jazem
cheias de fúria e perplexidade.

PRIMAVERA

Lá fora o vento e tudo dança.

Em casa luz inocente
da manhã cortina branca
que leve se agita e lenta
é a imagem do silêncio.

Oh minha inóspita primavera,
marulho de choros antigos,
zumbido de moscas gordas
e negras tenteando os vidros.

ALARME

Deixamos que o tempo nos leve
na curva dos dias sem história
e uma canção de Cohen
ou a terra dos versos amados
adormeçam o sobressalto da madrugada.
E adiamos. E dizemos amanhã,
talvez amanhã haja palavras e um gesto novo
ou antigo trazido à luz,
e algo se rasgue e instaure
não a inquietude
mas as suas possibilidades. E adiamos
e temos tudo resolvido. Subitamente
a farpa de um início.

4

«rala sob os teus pés a terra
para que não tenhas onde alargar raízes
e não pares de buscar um pouco de fundo
e vasto por cima o céu
para que por ti sozinho leias a infinidade»

Odysséas Elytis

A ÚNICA VERDADE

Em louvor de Bernardim Ribeiro

A única verdade é a linha que puxo na extremidade da agulha,
ponto a ponto desenho
a paciência, refaço os gestos
das minhas avós.

Quantas coisas se passavam na cabeça das mulheres em seu
[estrado,
em seus olhos dobrados,
e eu que nunca tive
paciência.

Mas quem fui bem vedes que o não sou já
e pois que não tenho armas para ofender,
faço desenhos de flores brilhantes com linhas
de seda paciente,
é tudo o que posso fazer
com os olhos dobrados
na noite
que não pára de crescer.

PONTES

I

Cheira a mar esta manhã,
no céu vogam brisas de sal
e lembranças de uma pureza,
de um estar ininterrupto.
Por instantes o sol assoma –
coado por brumas altas revela
traços de cor, marcas de jogos
no alcatrão da praceta.

Todas as janelas estão quietas,
no céu volteiam muito alto pássaros,
e do quintal vizinho nem
um pio: as galinhas os perus
os patos e as rolas, esses outros
habitantes do meu bairro
que em tardes morosas embalam ecos
de sestas e dias coloridos, silenciosos
também e submersos
na breve eternidade da manhã marítima.

A espaços um crocitar distante.
São os corvos. Perfuram assim
a quietude e centram-me outra vez,
habitante casual, consciência
iluminada por pontes que só
eu atravesso. Que faço aqui?
Tão perto das coisas que as tornei

humildemente minhas: sobreiros,
linha do pinhal que se alteia
sobre a intimidade do vale,
buganvília do jardim projectando-se
para novo esplendor de abril, e as aves.
Mas eu não sou daqui
nem de sítio nenhum que reste.

II

A minha rua, esta manhã,
é uma marinha –
fragor e ásperos aromas encrespam
de humidade os cabelos e de ânsia
melancólica o coração. Mas cá não chega
o som. Só a neblina
que cheira a sal e lava a rua e empalidece
se o sol desponta. Longe longe
duas crianças sobem a rua, somem-se
na distância. Vão ver o mar
e flutua por instantes o azul
das camisolas iguais –
eram de lã caseira, lembro-me,
e picavam na pele do verão.

ALGUÉM

Sou as palavras e os segredos que guardei
e um estrito reservar-me nunca soube porquê
se tão completa me entrego as vezes que me entreguei.
Sou a lembrança que se vai diluindo
em olhos que julguei perenes e consanguíneos.
Sou canções poemas e tantas
malbaratadas luas. E a música e os livros
e a varanda que um arquitecto desenhou
sem saber que era p'ra mim. E que perdi.
Sou o teu sono, minha gata, redondo ainda
e já inclinado ao fim. Sou árvores, o rio que amei,
as aves, as giestas, uma pouca de terra.

DE UMA OLIVEIRA VELHA

Grossa oliveira torcida de eras, luras,
florescências idas (oh avó sozinha
ao canto da chaminé escura).
Encima-a escassa rama pobre em folhas,
tão baixa entre os choupos – esguios jovens chicotes –
e a adolescente copa dos pinheiros mansos.

Isto trago no olhar: o vário estranho mundo.

Outro dia vem, o sol desce em face da varanda,
aflora os cumes da serra e carmina fugaz as nuvens.
Na tarde um pipilar de pardais e outra ave
em silêncio plana austera.

OCOS TODOS OS SONS

E se a tarde assim fica
nevoenta parada
e de mim ausente não encontro
urdidas teiazinhas
que me seguram aos dias,
pode acontecer
que sarça escura ou fogo me cerquem
o olhar. Porque é tarde.
E ondula descompassado o ar que expiro
e são ocos todos os sons.

Então ela vem, asas, a gata,
de borboleta no fundo
da pupila de ouro, vem
cravando no silêncio opaco os passos
e entra
no círculo da minha aflição.

Nenhum abrigo. Mas o toque
no côncavo da mão perdida.

E o vento sopra para longe as nuvens
e da noite ladram ao longe os cães.

TERRA DE VERÃO

Trazemos-te da quinta uma cesta de amoras.
Sorris da túmida perfeição e antecipas
com prazer o suco que há-de tingir-te
de roxo os lábios e as mãos vorazes.
Mas as amoras logo te aborrecem,
não te apetecem e o entusiasmo foi breve,
já não podes ir à quinta e nem te alegram
as notícias das árvores transplantadas.

Começaste a falar menos, cansas-te e talvez
já não te interesse o que virá depois,
até a curiosidade pela lavoura do teu corpo cessou.
Ultimamente apercebi que todos falamos menos,
é difícil falar sem projectar o futuro,
para o ano, dizíamos, ou neste inverno vamos,
mas agora sabemos que te irás com o verão
e por um pudor desajeitado quase deixámos de falar
como se o mundo se fosse acabar nestas três semanas
que o teu prognóstico desenha.

Ainda disseste precisava de mais um ano,
mas aceitaste o tempo contado sem protestos
e começaste logo a desabitar a casa,
o lugar no topo da mesa,
como um inquilino bem comportado.

Enquanto isso florescem
as árvores que plantaste,

as crianças que geraste dão fruto também
e no silêncio em que te acolhes começo a confundir-te
com a terra vermelha do teu último verão.

OUTRA VEZ

Vestir de novo a velha roupa
que impensados gestos
repetidos moldaram
macia sem graça e ser essa
a maneira de entrar nos dias
compridos inclinados ao poente.
Olhar recantos na casa grande
e enchê-los
da vibração minúscula
de sílabas de velas – um sítio
para a chuva e os olhos
outra vez lentos lavados
e outra vez
a branca porcelana do vazio.

DESESPERANÇA

A glicínia serpeia no tronco velho
e o dossel chama as abelhas na tarde quente.
Ninguém perturba o seu afã de insectos
eficazes.
As rolas soltam arrulhos mas não convidam à sesta
e não caem coa calma aves nem bocas de amantes.
Tudo é mudo e branco. Nada significa.

TALVEZ

Talvez precisasses da luz oblíqua
e da esperança incumprida
como outrora da escassa janela
para as divagações nocturnas.
Nada agora diz grande coisa.
Prazer morno encurta os dias
laçados na ciência estrita
dos anos turbulentos idos.

IMPREVIDÊNCIA

Era maio, o homem chegou e rompeu os equilíbrios.
As mulheres vieram no solstício de inverno
e devolveram o passado.
Como se tudo houvesse de ser revisto
e a vida urgisse a consistência perdida.

POSTAL ILUSTRADO

Nuvens pequenas no céu familiar,
bandas cinza no Tejo manso e um cheiro
a castanhas assadas – Lisboa
percorrida como não tendo outro
destino que desaguar na tarde,

pastorear as crianças no parque, ouvir
os desvarios agudos, voltar a ser assim, mas
onde os céus fossem estranhos e eu não
soubesse a que cheira o entardecer,
a que sabe uma castanha adoçada de saliva.

À noite Lisboa é uma praça de província,
a voz insegura um homem no palco chora
a miragem do amor e do império a minha
história, *margarita* nos lábios,
sais ribeirinhos de impulso vão.

RESTRITA

Qualquer mirante ou falésia
de onde olhar a espuma o mar,
sem palavras e os olhos
alongados em sua
privada visão da distância.
Tão pouco se reparte. E dizer amor
já não é uma coisa simples.

CODA

Novembro chega
com seus cães de lama e mágoa.
E todos os jardins se encheram
de ausência e luz apagada.
Aonde nos levam as mãos doentes?
Aonde? Esta paciência,
devagarinho os olhos fechados.

TANTOS NOMES QUE NÃO HÁ PARA DIZER O SILÊNCIO

Herberto Helder

Às vezes quando estou só
acendem-se na lembrança
ao fim do dia
as luzes dos autocarros –
paciência de cidade grande
na estreita melancolia
de um autocarro de dois andares, verde
como então eram os da Carris.

Acendem-se
pois as luzes ao fim do dia,
e todas as ruas todos os rios
ficam repletos de solidão.

OUTRA LUA

Outra lua encheu e começa a minguar,
lua de inverno branca
na claridade da antemanhã.

Tão pálida, tão alta.
Aprende-se a olhá-la
como fragmento de nós ausente,
espelho de mundo sem espessura.

Uma lua
como se não tornasse a haver verão.

PEDRAS

Oiço o grande fragor das pedras que renunciaram a ser inertes
e abrem corações negros como o princípio do tempo.
Mais alto, peço, e a voz da soprano grita pedras pedras
agonia da metamorfose e vai crescendo o som,
densa muralha de notas de sólidos de arestas agudas,
caem não sobem soterram mais alto peço um apocalipse
todo meu que ofusque a violência do luto.

A CIDADE

Há dentro de mim uma cidade de avenidas monótonas
onde podes perder-te
que nenhuma se percorre duas vezes igual.
Cobre-a devagar uma patine –
escamas cor-de-rosa, sonhos erodidos, torres
cerces ao chão.
Houve um rio? Jardins? Chuva estival? Uma vontade?
Lua e estrelas desenharam o ciclo das estações?
Esta cidade onde nada contraria a força da gravidade.

SÍTIO

No cimo do choupo restam três folhas
solitárias, só três:
quietas cinzentas ao vento à chuva.
Olhando-as, sei que outro ano passou.

E eu, que farei eu da minha fidelidade?

QUASE NOCTURNO

Esgotei as possibilidades da janela,
os sobreiros presos ao solo
a casa a varanda o circuito da prisão.
Há musgo no tronco dos sobreiros.
Pouca chuva bastou para que ele voltasse
do norte. Não me comove.
Soube sempre que um dia
pousaria os olhos nessas árvores
sem que nada acontecesse.

TRAJECTÓRIA

Telefonas na manhã sem esperança
imóvel no trânsito e praguejas.
Quem te dera em Lisboa dizes,
no Campo Grande sem chapéu-de-chuva
e com um saco de pão para atirar aos patos.
Há tantos anos – domingo em Lisboa,
nós vindos de muito longe,
submerso o parque em chuva,
no lago o som dos remos e as lembranças
da terra longa. Amávamos então
a cidade a música e cada um
a sua criatura urbana.

Mas também os lugares se esgotam.
E na diáspora dos lares
que sucessivos ergueste e perdeste,
oiço-te, amigo,
como antes ferido de incompreensão,
desfiando as lembranças
dos nossos antigos impossíveis futuros.

EXTERIOR

Sopra um vento nítido erguendo
nuvens de pó na serra ao longe e vibra
a alegre conversação das folhas.
Árvores acodem
de todos os sítios da lembrança e do olhar agora.
O peito esquece a hora em fuga,
fala o vento a luz o corpo imediato.

ESTILHAÇO

Luz
do que se faz pela derradeira vez –
como andar sobre gelo novo
e o som estender dedos finos para trás.

INTERVALO

Absoluta lua hasteada
em madrugadas que raiam
novas para alguém.
Abre-se a janela –
mundo adiado no silêncio breve
antes que o sumidouro nos leve em outro dia.

DETERMINISMO

Verão –
outra vez eclodimos
cegos e simultâneos.

MARINHA

O homem ocioso na esplanada olha o mar,
as areias incólumes da manhã
e o azul
que sobrou do silêncio nocturno.
As ondas sobem, os túneis longos são
como algo em mim irregular
mente compressor.
A desordem da espuma.

O sol vai crescendo enquanto
o homem oferece ao afago
da calma a pele;
um ciclista toureia
no paredão as ondas que às vezes o galgam.
Será colhido.
Escuto o riso do homem solto na limpidez da manhã,
irisiando-a –
vidrinhos coloridos em jogo de caleidoscópio.

Depois tombam e dissolvem-se,
cristais ainda mas de ácido,
no tecido fibroso do coração.
Também o ciclista molhado regressa,
pago o preço – traz a bicicleta à mão.

DA TERNURA

No fundo da ternura há um som de lágrimas –
água clara onde o sol do entardecer
odoroso se deteve;
vem das lembranças, cristais de sal,
chispas na pele esfolada pelos jogos
infantis e as perdas
de que a vida nos preencheu os dias.
Companheira amável do desencanto,
outra forma afinal de dizer mágoa.

SÚNION

Se atrás dos vidros fechados
a casa se arredonda
e o vento agreste chama,
sobem da noite as crinas salgadas:
frontões pilares colunas
deste bravio coração nosso.
Do mundo lá fora
o vento limpa a amargura
e eis que a manhã nasce –
claríssima súnion inabitada.

ÚLTIMO POEMA AOS SOBREIROS

Quando é tudo o que resta a calidez do tronco,
onde nenhum par de namorados
deixou gravados os sinais
do fulgor suposto eterno, e a folhagem
acesa de pardais ao sol de inverno –
chamam por nós os sobreiros.
Que estrangeiras árvores
puderam lançar raízes no meu olhar.

Este livro foi impresso na gráfica PSI7,
em papel pólen natural 80 g/m² e cartão 250g/m²
e composto em Garamond e Bell MT.